L'EUCHARISTIE

OU

LES CHANTS DE LA SŒUR AINÉE

A L'OCCASION

D'UNE PREMIÈRE COMMUNION

PAR H. LEFEBVRE DE JUILLY

ancien oratorien, ex-professeur de rhétorique de cette illustre maison

> Banquet saint ; où le Christ me nourrit de lui même
> Ce chef-d'œuvre d'amour nous fut un legs suprême
> Il rassemble et contient, sacrement d'unité.
> Les mystères du temps et de l'éternité...
>
> *Extrait* traduit de SAINT-AUGUSTIN.

PARIS

IMPRIMERIE DE J. CLAYE ET Cᵉ

RUE SAINT-BENOÎT, 7

—

1853

L'EUCHARISTIE

OU

LES CHANTS DE LA SŒUR AINÉE

L'EUCHARISTIE

OU

LES CHANTS DE LA SŒUR AINÉE

À L'OCCASION

D'UNE PREMIÈRE COMMUNION

PAR H. LEFEBVRE DE JUILLY

ancien oratorien, ex-professeur de rhétorique de cette illustre maison

Banquet saint, où le Christ me nourrit de lui-même,
Ce chef-d'œuvre d'amour nous fut un legs suprême ;
Il rassemble et contient, sacrement d'unité,
Les mystères du temps et de l'éternité...

Extrait traduit de Saint-Augustin.

PARIS

IMPRIMERIE DE J. CLAYE ET Cᵉ
RUE SAINT-BENOÎT, 7

1853

A notre bien-aimée petite Marie

Du Ciel, où te suivent encore quelques pleurs mêlés à de plus justes vœux, enfant chérie, laisse tomber un doux regard sur cette œuvre, que ton bisaïeul destinait à ton printemps, et qu'il dépose sur ta tombe...

NOTA. — Feu M. Hannat, l'un des plus dignes curés de la populeuse paroisse de Saint-Merry, nous a dit lui-même qu'après quelques entretiens avec cette pieuse et spirituelle enfant de cinq ans, il s'était cru obligé à lui donner l'absolution sacramentale.

L'EUCHARISTIE

CHANT PREMIER

LE BANQUET SACRÉ. — LES APPRÊTS.
LE BONHEUR. — L'ENGAGEMENT.

Aux saints parvis quelle foule empressée !
D'ordre et de paix quel touchant appareil !
Jamais aux cieux la prière élancée
Ne fit lever plus radieux soleil.

Est-ce une fête à la nature entière ?
Le firmament s'est dévoilé si pur !
L'air parfumé s'investit de lumière ;
Et nulle tache à sa robe d'azur.

Ames d'élite, ému de votre hommage,
Le ciel veut-il, déployant sa splendeur,
De ce beau jour, triomphe du jeune âge,
A tous les yeux signaler la grandeur?

O piété, zèle non éphémère!
Le bon pasteur en a béni l'emploi :
La sœur aînée accourt, seconde mère,
Aider l'enfance à l'œuvre de la foi.

Mais droit au temple où le vrai Dieu réside!
L'airain joyeux accélère nos pas :
Le cher troupeau réclame de son guide
Que son bonheur ne se retarde pas.

Le temple s'ouvre; et d'un chant sympathique
L'orgue prélude à l'hymne solennel :
De blancs tissus, selon le rit antique,
Pour le banquet se dressent vers l'autel.

Sur ces fronts purs quelles pieuses flammes!
De vœux, d'espoirs, assemblage nouveau,
Et qui trahit l'émotion des âmes,
En attendant les noces de l'agneau!

Commence enfin l'auguste sacrifice.

De l'homme-Dieu, Vous jeunes appelés,

Qu'avec le sien, le vôtre s'accomplisse;

Tous avec lui saintement immolés!

Dieu trois fois saint, qu'ont adoré nos pères,

Emmanuel dans sa réalité,

Il nous convie au plus grand des mystères,

Banquet divin, sacrement d'unité.

« Peuple affranchi du mortel esclavage,

« Viens, dit-il, viens à ma table, et reçois

« Mon corps, un pain, et mon sang, un breuvage

« Qui porte au ciel les enfants de la croix,

« Formés sur elle, et frères l'un de l'autre,

« Tous accueillis de la Divinité.

« Pauvres, ma table est donc aussi la vôtre...

« Nul rang ici que par l'humilité!

« Mes bien-aimés, je dote et sanctifie

« L'âme où s'éteint un faux amour de soi :

« *La voie* enfin, *la vérité*, *la vie;*

« C'est le trésor qu'elle possède en moi.

« Conservez tous l'*Esprit* qui vous anime,
« Auprès du *Père*, il sera votre appui :
« Et qu'à l'autel, le *Fils*, prêtre et victime,
« Vous puisse offrir toujours dignes de lui ! »

Gloire au Très-Haut! répond l'heureuse enceinte...
Ton Ange est là, qui revient te bénir :
Va, jeune enfant, prendre à la Table Sainte
Un avant-goût du céleste avenir.

Au pain des forts aspirait ton courage ;
Vers toi lui-même il s'avance à son tour,
Et de ferveur apporte un nouveau gage
A ta foi pleine et d'espoir et d'amour.

D'un Dieu-Sauveur que l'œuvre en nous s'achève :
Rien hors de lui n'a de charme à nos yeux ;
Avec l'amour la foi monte et s'élève :
La terre a fui : notre vie est aux cieux ;

C'est la patrie !... et n'est-ce pas le Temple
Où Dieu comblant un immense désir,
Glorifira l'élu qui le contemple,
Et, dans son sein, va, de lui, resplendir.

Là près du Fils sa triomphante Mère,
La nôtre à tous, te consacre au Seigneur :
Enfant des cieux, entends-tu sa prière !
Du haut[1] cantique est sorti ton bonheur.

Elle a prié qu'en toi se renouvelle
Sa vie intime à Jésus Dieu vivant.
Ce Dieu voilé qui s'incarnait en elle
Adopte encor le cœur chaste et fervent.

Par la prière, enfant fidèle et tendre,
D'un plein essor tu montais jusqu'à lui ;
Et le Très-Haut veut jusqu'en toi descendre !...
Quel plus beau jour à ton âme aura lui ?

Mais chaque jour, sous le regard suprême,
Quel saint devoir, et quelle juste loi,
Pour vivre à Dieu, de t'immoler toi-même
Au Dieu vivant qui s'immole pour toi !

De l'adorer que ce soit toujours l'heure !
En l'écoutant, apprends à le servir...
Ah ! des deux parts tu choisis la meilleure :
Nul autre amour ne te la doit ravir.

1. *Le Magnificat.* A progenie in progenies...suscepit Israel puerum suum, etc.

En Jésus-Christ *ente*, que son élève
Fleurisse loin des arbustes trompeurs !
Les fruits certains d'une divine sève
Accompliront la promesse des fleurs.

Ame livrée à ta noble carrière,
Comme ton chef, sème-la de bienfaits :
Aux dévoûments s'il n'est plus de barrière,
C'est pour atteindre à l'immortelle paix !

FIN DU CHANT PREMIER.

CHANT DEUXIÈME

L'AME AU CIEL AVEC SON ANGE CONDUCTEUR

DISPOSITIONS A LA PREMIÈRE COMMUNION ; SON PRINCIPAL EFFET

Le guide ailé, qui de soins t'environne,
T'a présentée aux célestes concerts.
« Chantons, dit-il, sa nouvelle couronne :
« Dès le berceau nos rangs lui sont ouverts.

« Quand du Jourdain, elle sort pure et belle,
« Régénérée au signe de Jésus,
« Heureux témoin, je la prends sous mon aile ;
« Elle est à nous ; c'est un ange de plus !

« Que si plus tard sa jeune intelligence
« Devient contre elle un juste accusateur,
« L'aveu candide, et l'humble repentance
« Auront sa grâce aux pieds du bon pasteur.

« Mieux aguerrie en la sainte milice
« Contre le monde et tout son faux éclat
« Elle est armée; et déjà dans la lice,
« L'athlète marche, intrépide soldat;

« Mais, sans orgueil : une onction divine,
« A son courage imprimant la vigueur,
« Pour bouclier à la jeune héroïne,
« De modestie entourait sa candeur.

« Aspire-t-elle à l'union sacrée
« Où l'Homme-Dieu se donne tout entier ?
« Dans son ardeur, sa foi plus éclairée
« Vers un tel hôte assure le sentier.

« De l'indolence où naîtraient d'autres vices,
« Libre d'abord, elle écoute avec soin,
« Pour s'affranchir de vaporeux caprices,
« Sa conscience, inflexible témoin.

« Au prompt signal d'une secrète alarme,
« *C'est l'ennemi*, lui dira le devoir.
« Cet œil où brille une héroïque larme
« De l'espérance est pour nous le miroir.

« Elle a vaincu... Son noble instinct du juste
« Pour obéir entend une autre voix ;
« L'obéissance a son modèle auguste,
« Humble et soumis de la crèche à la croix.

« Jamais le rire ou la parole amère
« Ne lui viendra sur les défauts d'autrui ;
« Mais sur les siens vigilante et sévère,
« Son examen ne connaît pas l'ennui.

« Chez l'âme vierge aucun essai d'excuse :
« Lorsque sa lampe a lui moins vivement,
« Nous l'entendons qui gémit et s'accuse
« D'en négliger l'onctueux aliment.

« D'indignité si quelque peur assiége
« Son tendre amour surpris et consterné
« Au noir aspect du baiser sacrilége
« D'un faux apôtre, à se perdre obstiné :

« Elle frémit à l'injure infinie,
« Désespérant du pardon paternel,
« Contre son Dieu, flagrante calomnie,
« Et qui se plonge en l'abîme éternel!·

« Éternité, qu'aucun traître ne sonde,
« Gouffre béant au plus grand des forfaits!
« Tels que Satan, leur séducteur immonde,
« Les malheureux! ils n'aimeront jamais.

« De saints travaux, sous l'abri qu'elle implore,
« Vont féconder l'ingénu dévoûment.
« Quel germe heureux chaque jour voit éclore,
« Digne parure au fortuné moment!

« Toute à Jésus, de Jésus toute empreinte,
« Elle a goûté cet ineffable miel
« De l'amour chaste et sans servile crainte,
« Qui, sur la terre, est l'avant-goût du ciel.

« O grâce insigne! ardemment poursuivie!
« D'un Dieu, dit-elle, ô l'adorable loi!
« Je le possède; et de ma propre vie
« Je ne vis plus : c'est lui qui vit en moi!

« Lui qui m'élève avec l'ange que j'aime
« A ce foyer d'entière charité ;
« Beau jour sans fin , dont Jésus est lui-même,
« Dont il sera l'éternelle clarté ! »

« Mais , sans troubler la séraphique extase,
« Qu'avec l'amour s'affermisse aujourd'hui
« L'humilité, son soutien et sa base ,
« De la foi même, inséparable appui.

« C'est la vertu qu'impose l'Évangile ;
« Modestes fleurs, vous parfumez la croix !
« Et redirai-je à ma noble pupille
« Qu'au ciel enfin l'humble seul a des droits... »

En ce moment se sentait reposée
L'âme, au séjour qu'elle veut prolonger,
En s'abreuvant de la sainte rosée,
Aux doux accords du divin messager.

« Comme il ressemble à l'âme de ma mère ! »
Pensait l'enfant de ses guides charmé ;
« Elle est aussi mon ange tutélaire ;
« J'ai cru l'entendre... » et lui plus animé :

« Ah ! reprend-il, jeune vertu chérie,

« Que cultivaient une mère, une sœur,

« Sous d'autres mains transplantée et fleurie,

« Du ciel au moins garde la bonne odeur !!

« Qu'en un vain monde, et loin de nous voltige

« Des vanités tout le bruyant essaim :

« La paix céleste infiltre à l'humble tige

« Les sucs bénis émanés de son sein.

« D'un faux savoir le sceptique langage

« Aurait voilé de son nuage obscur,

« Et la fraîcheur et l'esprit du jeune âge,

« Que soigne un zèle intelligent et pur.

« A son élève il ne saurait défendre

« Quelques retours vers d'innocents plaisirs :

« L'arc du chasseur demande à se détendre,

« Et la culture a d'utiles loisirs.

« Aux nobles arts, qu'un progrès la décore ;

« Son goût naïf se dit trop admiré :

« Le vrai talent, qui lui-même s'ignore,

« D'en haut toujours fut le mieux inspiré.

« Aux jeunes cœurs dont je la vois suivie,

« Douce compagne, un attrait si chrétien

« N'éveillerait que la chrétienne envie,

« La seule aussi qui puisse être un lien.

« Vous l'aimerez, Seigneur, toujours docile

« A l'envoyé, la gardant de faillir.

« Sa palme est belle et l'accès difficile ;

« Grâce et labeur la lui feront cueillir.

« Grâce et labeur, profond et haut mystère !

« Les dons reçus, il faut les conserver.

« Dieu nous créa sans nous ; l'auguste Père

« Sans nous jamais ne voulut nous sauver.

« L'orgueil ingrat d'un ange de lumière

« Au gouffre affreux s'est lui-même plongé.

« Toi, de nos rangs tu suivras la bannière,

« Enfant fidèle, et des cieux protégé !

« En consacrant la robe nuptiale

« Chère à l'époux, riche envoi de sa main,

« Que ce jour soit l'aurore triomphale

« Du jour de gloire, au terme du chemin ! »

Et l'Ange ainsi t'encourage et t'honore ;
Et de ta vie inaugurant le cours,
Les luths sacrés retentissent encore
Pour couronner le plus beau de tes jours.

FIN DU CHANT DEUXIÈME.

CHANT TROISIÈME

***

SOUFFRANCES D'ICI-BAS, SECOURS D'EN HAUT
LA CROIX, L'EUCHARISTIE. — DISSIDENCE ET RETOURS
CONQUÊTES DU CATHOLICISME.

L'âme en extase aux fêtes immortelles
Quitte à regret le chant des harpes d'or ;
Mais la prière a conservé ses ailes :
La foi vivante en soutiendra l'essor.

Qui n'a senti dans le séjour des hommes
De rois déchus l'orageuse prison ?
Vers la patrie en l'exil où nous sommes,
Que de soupirs, gémissante oraison !

Triste vallée, hélas ! et champ de larmes,
Où pour lutter tout homme naît soldat,
Mais d'où le Christ, en nous prêtant ses armes,
Nous fait surgir invaincus au combat.

Et si l'espoir d'un céleste royaume
Ne peut briller qu'à l'âme des humains,
Autour de nous est-il un seul atome
Qui n'ait tendance à de meilleurs destins?

Accord plaintif de toute la nature !
L'homme a failli : sa déplorable erreur
A seule ouvert cette immense blessure
Que veut fermer le Dieu réparateur....

Sur toi bientôt s'avancera peut-être
L'orage sombre, attristant tes foyers.
Ressouviens-toi que pour le Divin maître
La cène touche au mont des Oliviers.

Avec Jésus accepte le calice;
Mêle tes pleurs aux larmes que tu vois :
Plus loin la gloire attend le sacrifice;
Et, l'œil au ciel, il embrasse la croix.

Quoi donc! faut-il que le juste périsse?
Mais racheter, transformer les pervers,
Cette vertu n'appartient qu'au supplice,
D'où l'homme-Dieu va changer l'univers.

Lui sur sa croix, de ce monde rebelle
Il redevient et le maître et le roi:
Elle est son trône. Il avait dit : Sur elle
Que l'on m'élève; et le monde est à moi.

De nous aussi l'offrande volontaire
Laissant le trouble aux lâches, aux ingrats,
Atteint la paix en suivant au Calvaire
Le Dieu sauveur, et qui nous tend les bras.

L'ardent amour qui d'avance l'immole
A du Cénacle agrandi le festin :
Avec nous tous, sous un double symbole,
S'instituait un commerce divin!

Et de la croix, la vertu consentie,
Du sacrifice ouvrant déjà le cours,
L'Emmanuel, universelle hostie,
Du pain des cieux nous dota pour toujours.

Là s'inclinaient sous des mains adorables
Quelques élus au bercail assurés :
Ordre nouveau de prêtres vénérables,
Premiers pasteurs, par Jésus consacrés.

Qu'à son Esprit, embrasante auréole,
Bientôt leur foi puise un haut dévoûment,
Et de sa chair comme de sa parole,
Propage au loin l'infaillible aliment !

Dans Emmaüs se reproduit la Cène.
Aux affligés, puissant consolateur,
Il rompt le pain... Une clarté soudaine
A de la mort signalé le vainqueur.

Ce pain de vie, aux souffrants plein de charmes,
De faux docteurs l'ont pourtant rejeté :
Un si doux baume aux dernières alarmes
Du voyageur vers l'asile porté !

Ont-ils compris la naïve allégresse,
Le prompt retour des disciples émus,
Qui de Sion soulage la détresse
Par le récit des faveurs d'Emmaüs ?

Au Dieu présent notre croyance antique,
Le Christ en nous s'incorporant voilé,
Culte vivant de la foi catholique,
L'aveugle orgueil t'aura donc mutilé!

Verbe incarné, dès le sein de Marie,
Tu déplorais un coupable abandon,
Et de ta chair, de ton esprit nourrie,
L'Église encor leur offre le pardon.

Foi sans amour, culte sans sacrifice!..
Les naufragés, hélas! si loin du port
Le cherchent-ils? un sceptique artifice
Les tient flottants, même entre eux sans accord.

Libre examen... Quel mirage funeste!
Où vit l'Esprit, là vit la liberté;
Trop longtemps morts à cet Esprit céleste,
Ils revivraient au centre d'unité.

Prions pour eux : qu'une mère à sa fille,
Inspire enfin son zèle à réparer
Les saints traités, qu'abjurant la famille,
Plus d'un divorce est venu déchirer!

L'élite au moins de ces enfants prodigues
A retrouvé l'Église de Jésus,
Les bras ouverts aux pieuses fatigues
D'enfants soumis qu'elle pleurait perdus.

Accomplissez, apôtres intrépides,
De vos labeurs l'ouvrage inachevé.
Qu'il se déploie en ses progrès rapides
L'arbre sorti du grain de sénevé :

Et nous verrons d'humbles oiseaux sans nombre,
Se reposer sur ses brillants rameaux,
D'un long chaos désertant la nuit sombre
Pour le plein jour qui bannit tant de maux.

Louange et gloire au centre apostolique !
Ses envoyés, avec Dieu de concert,
En épanchant la manne Eucharistique,
Portent la vie aux errants du désert.

Ses envoyés aux plus lointains rivages,
Doux conquérants lui gagnent les mortels.
Par eux conduits, leurs hôtes moins sauvages
Vont du travail au repos des autels.

Loin pour jamais et l'idole fragile
Et d'un faux Christ le culte sans ferveur !
Les nouveau-nés pressent notre Évangile,
Et de son lait aspirent la saveur.

Une terrestre, une aride doctrine,
Aurait flétri ces cœurs régénérés ;
L'auguste hostie à l'union divine,
Va les nourrir saintement préparés.

L'homme devient, sous la foi conjugale,
De la famille un sage instituteur :
L'épouse enfin n'y craint plus de rivale ;
Et l'humble vierge y garde sa pudeur.

O charité, qui dira tes conquêtes,
Les rois en paix, et les peuples sauvés ?
Prédits au sein des fougueuses tempêtes,
Jours de concorde, êtes-vous arrivés ?

Jéhova même écoutant sa clémence
Touche Israël, l'incline au repentir ;
Et le fils pleure une longue démence
De l'aïeul sourd au cri du Dieu martyr.

Tous les élus, unis aux chœurs des anges,
Ont salué ce retour à l'Époux :
Et du concert des célestes phalanges
L'hymne de gloire a rayonné sur nous.

Suis donc Jésus; il a vaincu le monde;
Suis-le partout, et ne te trouble pas !
La manne sainte en délices féconde,
Chez l'âme en peine est une aide aux combats.

La foi, par elle, à de jeunes courages
Donne l'élan, rend la sérénité,
Et, comme l'air au souffle des orages,
Elle s'épure et reprend sa clarté.

FIN DU CHANT TROISIÈME.

CHANT QUATRIÈME

AUTRES COMBATS, AUTRES VICTOIRES
RENOUVELLEMENT ET PERSÉVÉRANCE. — CONSOMMATION FINALE
DANS L'ÉTERNELLE UNITÉ.

La foi, flambeau de l'humaine sagesse,
Du vrai bonheur nous ouvre l'horizon ;
Mais si plus tard une orgueilleuse ivresse
De quelque doute assombrit ta raison,

Guide incertain, qui souvent nous égare,
Présomptueux, réservé tour à tour,
Qu'entraîne hélas! inégal et bizarre,
Un mouvement ou de haine ou d'amour ;

Cours au pasteur qui, moins juge que père,
D'une autre lutte a su guider l'aveu.
Son âme encor te rassure et t'éclaire :
L'ange de paix t'a reconquise à Dieu.

Joins la prière aux études constantes.
Quand de nouveau viendrait à retentir
Le cri d'alarme : *Israël, à vos tentes!...*
La foi jamais n'ira se démentir.

De ta croyance as—tu vu le beau zèle
Contre l'impie, et ce joug imposé
Par le Barbare à la ville éternelle?
La foi s'indigne, et le joug est brisé.

« Pontife-roi, bénis ma fille aînée, »
A dit l'Église... aux solennels moments;
De nos héros c'est donc la destinée
D'en raffermir les sacrés fondements!

Toi, jeune enfant sans éclat, non sans gloire,
Tu poursuivras aux autels du Seigneur
Sur toi d'abord une entière victoire :
Croître en vertus voilà ton champ d'honneur.

L'inspirateur de ta haute espérance
Ne te veut pas dans ta course arrêté ;
C'est l'ange aussi de la persévérance ;
Si l'on s'arrête, il s'envole attristé ;

Et d'un accent plus juste que sévère,
Il ira dire au courage pieux :
« Avec Jésus gloire à qui persévère,
Et sur la croix monte au repos des cieux ! »

Dès ici-bas s'allégent nos souffrances.
Au pain de vie un filial retour
Les change même en saintes jouissances,
Dont se nourrit un invincible amour.

C'est l'aliment du pilote-modèle
Qui vers le port, zélé navigateur,
De tant d'écueils d'une course rebelle
Ramène enfin l'égaré voyageur....

De plus de feu ton œil s'anime et brille ;
Va, riche en dons et non moins humble encor,
Enfant chéri porte dans ta famille
De tes parfums le suave trésor.

Tu reviendras sous tes guides fidèles
A ce festin qu'embellit la candeur,
Puiser la force et des clartés nouvelles,
Y renflammer ta renaissante ardeur.

Nous bénirons cette alliance intime
Avec le Dieu rédempteur des humains,
Et qui, toujours volontaire victime,
Revient s'unir à l'œuvre de ses mains.

Là qu'au prochain nos mouvements contraires
Près de Jésus n'osent vivre insoumis!
Avec Jésus nous recevons des frères,
La charité n'y sent pas d'ennemis.

Elle, au vrai Dieu, vivement sollicite
Quelque retour du sombre puritain :
Elle applaudit, en blâmant le Lévite,
Au noble cœur du bon Samaritain.

Ah! puisse un jour le vrai culte où nous sommes
Fondre en sa foi tant de peuples divers,
Et par l'amour ralliant tous les hommes
Au saint des saints convertir l'univers!

Enfant du ciel, que ta douce parole
Présente au pauvre un signe encourageant
Pour cette main qui s'ouvre et le console,
L'aumône prie au cœur de l'indigent.

A nos banquets nos compagnes craintives,
S'armant bientôt de ta fidélité,
Voudront te suivre, émules et convives,
D'une âme chère à la Divinité.

Ni vains plaisirs, ni folles souvenances,
N'arrêteront des élans généreux :
Nul respect lâche aux fausses convenances,
Du joug mondain esclave malheureux.

Mais ta pensée à ce monde étrangère
Déjà remonte aux radieux festins,
Y savourer la paix non passagère,
Espoir du juste, et triomphe des saints.

Là plus d'erreur, de nébuleuse étoile
Osant ternir l'auguste vérité.
Dieu dans sa gloire à l'âme se dévoile
Source de vie et d'immortalité !

Là, pour l'Église et sa foi militante,
Tes vœux si purs abrégeant les rigueurs,
N'oubliront pas l'autre en sa vive attente ;
Qu'enfin le ciel tarisse tous les pleurs !

Ton jour doit luire, Église triomphante,
Jour de splendeurs sans déclin, sans milieu,
De tous les saints communion fervente,
Bonheur et gloire éternisés en Dieu !

A la puissance et par l'amour unie,
L'intelligence aux élus désormais
Verse la joie, et de flots d'harmonie
Dans l'unité les inonde à jamais.

FIN DU CHANT QUATRIÈME ET DERNIER.

IMPRIMERIE DE J. CLAYE ET Cᵉ, RUE SAINT-BENOÎT, 7.